Shakespeare
(Adaptación)

Romeo y Julieta

SELECTOR®
actualidad editorial

SELECTOR®
actualidad editorial
Doctor Erazo 120, Col. Doctores, C.P. 06720, México, D.F.
Tel. (01 55) 51 34 05 70 • Fax (01 55) 51 34 05 91
Lada sin costo: 01 800 821 72 80

Título: ROMEO Y JULIETA
Autor: William Shakespeare
Adaptadora: Alicia Alarcón Armendáriz
Colección: Clásicos para niños

Adaptación de la obra original *Romeo y Julieta*, de William Shakespeare

Diseño de portada e ilustraciones interiores: Alma Julieta Núñez Cruz

D.R. © Selector, S.A. de C.V., 2013
        Doctor Erazo 120, Col. Doctores,
        Del. Cuauhtémoc,
        C.P. 06720, México, D.F.

ISBN: 978-607-453-156-5

Segunda reimpresión. Julio 2014

	Sistema de clasificación Melvil Dewey
822	
S15	
2013	
	Shakespeare, William
	Romeo y Julieta, William Shakespeare / Adapt. Alicia Alarcón Armendáriz.–
	Ciudad de México, México: Selector, 2013.
	80 pp.
	ISBN: 978-607-453-156-5
	1. Literatura universal. 2. Literatura infantil y juvenil.

Dice Shakespeare: "El desdichado no tiene otra medicina que la esperanza, pero el amor consuela como el resplandor del sol después de la lluvia", así que, gracias Martha Elba Alarcón por tu apoyo inconmensurable siempre.

Alicia Alarcón

Índice

Personajes

Capuleto	Montesco	Otros
Julieta	Romeo	Príncipe Escalus (Gobernante)
Capuleto (Padre de Julieta)	Montesco (Padre de Romeo)	Mercucio (Sobrino de Escalus y amigo de Romeo)
Lady Capuleto	Lady Montesco	Paris (Sobrino de Escalus)
Aya (Nodriza de Julieta)	Benvolio (Sobrino de Montesco)	Fray Lorenzo (Monje)
Teobaldo (Sobrino de Capuleto)	Abraham (Criado)	Fray Juan (Monje)
Gregorio (Criado)	Baltasar (Criado)	Paje de Paris
Sansón (Criado)		Alguacil
Criado analfabeto		

Introducción

"Porque un amor que nace tan vehemente es natural que muera muy temprano", expone el poeta mexicano Juan de Dios Peza, quien, seguramente, no pensaba en los jóvenes Capuleto y Montesco, y que, sin embargo, con sólo esa línea retrata lo que ocurre en unos cuantos días, en Verona, Italia, y que origina *La tragedia de Romeo y Julieta*.

El autor, William Shakespeare, era muy joven cuando la escribió. Fue su primera obra maestra, incluso se dice que si no hubiera hecho nada más, este texto le hubiera otorgado la fama inmortal de gran dramaturgo.

Se dice que son pocos los temas a los que puede acercarse un escritor pero que lo importante es la manera en que se aborda dicho tema. El llamado *Bardo de Avon* verifica que concurran en el vértice exacto los tres elementos que crean un texto perfecto: coherencia, definición de los personajes

y ambientación. La coherencia consiste en que la historia sea creíble, cuente lo que cuente; los personajes deben estar muy bien delineados para que el lector sienta que son reales e incluso palpables; y que la ambientación, o sea los sitios, la vestimenta y los movimientos, sean congruentes con los otros dos factores. Shakespeare logra embonar en forma magistral estas tres esferas. Por ello es que este libro traslada al lector a la Italia cortesana de finales del siglo XVI, y le hace sentir esa pasión que se profesan los protagonistas, o el deseo de participar con el Príncipe Escalus y fray Lorenzo en desterrar el odio ancestral que han arrastrado las familias Montesco y Capuleto, el cual ha permeado al pueblo en su totalidad.

Shakespeare, el mayor escritor en Lengua inglesa, falleció el 23 de abril de 1616. Como, en principio, ese día murieron otros dos grandes de las Letras, pero en español: Miguel de Cervantes Saavedra y el Inca Garcilaso de la Vega, la Unesco estableció esa fecha como el Día Internacional del Libro, aunque nosotros sabemos que cualquier momento es propicio para acercarnos a la lectura.

ACTO I

ESCENA I. Plaza de Verona

SANSÓN: Peleemos contra esos criados de los Montesco.

GREGORIO: Esa discordia es de nuestros amos, no de nosotros.

(Llegan Abraham y Baltasar. Los criados pelean. Llegan Benvolio y Teobaldo).

BENVOLIO: Guarden sus armas. Están riñendo, sin razón.

TEOBALDO: *(Saca su espada.)* También lucharé. ¡Odio a los Montesco!

(Llega más gente y se desata la batalla general. Llegan Capuleto y Montesco).

MONTESCO: ¡Capuleto infame!

CAPULETO: ¡Montesco blande tu espada contra mí! *(Entra el Príncipe).*

Romeo y Julieta

PRÍNCIPE: ¡Enemigos de la paz! Arrojen las armas. Parecen fieras humanas. Si pelean más, sufrirán pena de muerte. ¿Quién empezó?

BENVOLIO: Cuando llegué, los criados de Capuleto reñían contra los nuestros. Luego Teobaldo se arrojó sobre mí, y la pelea se generalizó.

LADY MONTESCO: ¿Viste a Romeo? Va al bosque a juntar su llanto con el rocío. Nadie sabe qué le pasa, pero se consume en su secreto. ¿Quién será su amada?

ROMEO: *(Entra Romeo.)* No logro atraer el corazón de la gentil y bella Rosalía. Mi alma sufre el rigor de los desdenes del amor. ¿Por qué si pintan ciego al amor, él elige extrañas sendas para herirnos? Encontramos el amor junto al odio; amor discorde. Amor fuerte y débil, humo y plomo, fuego helado, salud que fallece, sueño que vela. El amor es fuego que arde y centellea en los ojos del amante.

ESCENA II. Casa de Capuleto

CAPULETO: Debemos vivir en paz Montesco y yo, lo ordena el Príncipe.

Romeo y Julieta

PARIS: Los dos son nobles y ricos; no deberían odiarse. ¿Qué me respondes?

CAPULETO: Mi hija apenas tiene 14 años, y no estará madura para la boda hasta dentro de dos veranos. Los árboles demasiado tempranos no florecen; pero consulta a Julieta. Si ella consiente, yo aceptaré. Esta noche recibiré en casa a mis amigos. Verás lindas doncellas. Óyelas, obsérvalas y quizá mi hija ya no te parezca la más perfecta. Tú *(al criado)* invita a quienes están en este papel.

CRIADO: ¡Sería muy fácil hallar a todos los invitados si yo supiera leer!

ESCENA III. Plaza de Verona

BENVOLIO: No digas eso. Un fuego apaga otro, un dolor mata otra pena, a una queja antigua la opaca una nueva. Un nuevo amor puede curarte del antiguo.

CRIADO: Buenos días, hidalgo. ¿Sabes leer?

ROMEO: Claro que sí: "El señor Martín y su mujer; Mercucio y Valentín; el conde Anselmo y sus hermanas; mi tío Capuleto con mujer e hijas;

Rosalía, mi sobrina; Livia; Teobaldo; Lucía y Elena".
¡Brillante reunión! ¿Dónde es la fiesta?

CRIADO: En casa de Capuleto. Si no eres
Montesco, puedes ir a beber y bailar.

BENVOLIO: Romeo, allí estarán Rosalía y todas
las bellas de Verona. Podrás compararla con las
otras. Tu cisne parecerá un cuervo ante las demás.

ROMEO: Es una traición. Ardan mis ojos si cometen
tal herejía contra ella.

ESCENA IV. Casa de Capuleto

LADY CAPULETO: Julieta: ya estás en edad de
casarte. El apuesto Paris aspira a tu mano. ¿Podrás
amarlo?

JULIETA: Mis ojos tendrán la fuerza de la
obediencia, si eso predispone a amar.

AYA: En dos semanas, ella cumplirá 14 años. ¡Qué
placer verla casada con un gallardo y próspero
novio!

Romeo y Julieta

ESCENA V. Calle

BENVOLIO: Al entrar, nada de discursos. Sólo llegamos, bailamos, y ya.

ROMEO: No deseo bailar. Cupido me hirió tanto que ni sus plumas me levantan. El amor es duro, fuerte y punzante como el cardo. Sólo pienso en Rosalía. Anoche tuve un sueño y entendí la diferencia entre fantasía y realidad.

MERCUCIO: Sin duda te ha visitado la reina Mab, la nodriza de las hadas. Es tan pequeña como el ágata que brilla en un anillo. Caballos leves como átomos arrastran su carroza, y sus ruedas son como patas de araña, las correas fueron elaboradas por gusanos de seda, los frenos son de rayos de luna, y el cochero es un pequeño mosquito de oscura librea. En ese carro pasea el amor.

ROMEO: Entremos. Temo que mi mala suerte empiece aquí y termine con la muerte cortando mi existencia inútil.

ESCENA VI. Casa de Capuleto

CAPULETO: Bienvenidos, jóvenes; los ligeros pies de estas damas los invitan a danzar. ¡Que comiencen la música y el baile!

ROMEO: *(A su criado, al ver a Julieta.)* ¿Dime, qué dama es aquélla? Es un tesoro; sobresale de todas las demás. El brillo de su rostro hace palidecer al sol. Nunca había visto una belleza así. La Tierra no merece tal prodigio. Me le acercaré, y estrecharé su mano. Ahora veo que mi amor por Rosalía era falso.

TEOBALDO: Por la voz, ése parece el malvado Romeo Montesco; paje, trae mi espada. ¿Cómo se atreve a perturbar nuestra fiesta? Aunque traiga máscara, lo reconozco. ¿Cómo entró aquí tan ruin huésped? Juro vengarme de él.

CAPULETO: ¿Por qué esa ira, sobrino? Cálmate. Él es un señor; todos hablan de sus virtudes. No le ofendas en mi casa. Alegra el semblante; esa rabia y esa fiera mirada no van en esta fiesta. Te lo mando. ¡A bailar, todos!

Romeo y Julieta

TEOBALDO: Me voy, ciego por el furor y la ira. La ofensa trae hieles para todos.

ROMEO: *(Toma la mano de Julieta.)* Si con mi mano profano tan divino altar, perdóname. Con un beso, mi boca borrará la mancha, cual pecador avergonzado. Óyeme confiada, mientras mis labios rezan, y los tuyos me purifican. *(La besa).*

JULIETA: El santo oye las súplicas con serenidad, pero el peregrino erró la senda aunque parece devoto. El romero sólo debe usar los labios para rezar.

ROMEO: ¡Oh, qué santa! Cambien pues de oficio mis manos y mis labios. Rece el labio y tú concédeme lo que pido. Besas muy santamente.

JULIETA: En mis labios quedará la marca de tu pecado.

ROMEO: ¿Del desliz de mis labios? Ellos se arrepienten con otro beso. *(La besa).*

AYA: Julieta, tu madre, Lady Capuleto, te llama.

ROMEO: ¿Ella es Capuleto? ¡Destino fatal! Vámonos. Se acabó la fiesta.

Romeo y Julieta

JULIETA: ¿Aya, sabes quién es ese mancebo; el que no bailó?

AYA: Es Romeo Montesco, el único heredero de esa infame estirpe.

JULIETA: ¡Amor nacido del odio, harto pronto te he visto, sin conocerte! Quiere mi negra suerte que mi amor sea para el único hombre a quien debo aborrecer.

ACTO II

ESCENA I. Jardín de Capuleto

ROMEO: ¿Cómo irme, si mi corazón se queda aquí y mi cuerpo inerte busca su centro? Rosalía ya no me importa; ahora suspiro por Julieta.

JULIETA: *(Julieta se acerca al balcón.)* ¿Qué luz asoma por allí? Sal, hermoso sol, mata de envidia con tus rayos a la luna, pálida y ojerosa, porque la vences con tu brillo. ¡Romeo es mi vida; es el amor que aparece!

ROMEO: ¿Cómo podría yo revelarle que ella es la dueña de mi alma? En el baile habló su mirada, y yo respondí. Si sus ojos brillaran como luceros en el cielo, brotaría tal fulgor que despertaría a las aves a media noche.

JULIETA: ¡Ay de mí, Romeo! ¿Por qué eres Montesco? ¿Por qué no reniegas del nombre de tus padres? Si no tienes valor para ello, ámame, y yo no seré Capuleto. No eres tú mi enemigo; es el

nombre de Montesco. ¿Por qué no tomas otro? La rosa no deja de ser rosa si se llama de otro modo. Conservas tus bellas cualidades aunque te llames diferente. Deja tu nombre y toma mi alma.

ROMEO: ¡Habló! Oigo su voz. ¡Ángel de amor que apareces en la noche, para que los mortales, cual aviso divino, miren cruzar con vuelo presto las esferas celestes, y vibren en las alas de las nubes! ¿Qué hago, la escucho o hablo yo? Julieta, si de tu palabra me apodero, llámame tu amante, y creeré que me he bautizado de nuevo, y que he perdido el nombre de Montesco.

JULIETA: ¿Quién eres tú que, en medio de la noche, apresa mi secreto? ¿Eres Romeo? ¿De la familia de los Montesco?

ROMEO: No sé de cierto mi nombre, porque tú lo aborreces, amada mía, y si pudiera, lo arrancaría de mi pecho.

JULIETA: ¿Cómo has llegado hasta aquí? Estas paredes son altas y difíciles de escalar. Si te encontrara alguien, te mataría.

Romeo y Julieta

ROMEO: El amor me guió. Con las alas de Cupido salté los muros. Ante el amor no resiste ni la roca. Más homicidas son tus ojos, diosa mía, que el enojo de tu familia. Mírame alegre, y seré invulnerable. La noche me defiende, si tú me amas.

JULIETA: Si el manto de la noche no me cubriera, verías el rubor de virgen en mi cara, al recordar las palabras que has oído. En vano las corregiría o desmentiría. Si me amas, Romeo, habla con sinceridad, y si me tienes por fácil y rendida al primer ruego, me pondré esquiva y ceñuda, y deberás suplicarme. Mucho te amo, Montesco, y más reserva tuviera, si no hubieses oído todo el ardor de mi corazón. No juzgues ligereza este enamorarme tan pronto; la culpable es la noche.

ROMEO: Te juro, amada mía, que seré fiel y amante.

JULIETA: Mejor no jures. Aunque me llene de alegría verte, no quiero oír esta noche ninguna promesa que pudiera extinguirse pronto.

ROMEO: ¿No me das más consuelo que ése? Dame tu fe por la mía.

Romeo y Julieta

JULIETA: Ésa te la di antes de que me la pidieras. Lo que siento es no poder hacerlo otra vez, aunque esto fuera codicia de un bien que tengo ya. Mi afán de amor es ilimitado. ¡Cuidado, oigo ruido! Guárdame fidelidad, Montesco mío.

AYA: Niña, ven aquí.

JULIETA: Si tu amor es honrado, y deseas casarte conmigo, mañana te enviaré un mensajero. Dime cómo y cuándo celebraremos el rito sagrado. Pero si son indignos tus deseos, olvídame. ¡Quisiera gritar "Romeo", para oírlo de la ninfa Eco!

ROMEO: ¡Cuán grato suena el acento de mi amada! La voz de Julieta es más dulce que cualquier música. Sólo temo estar soñando.

JULIETA: Las horas se me harán siglos hasta que el mensajero regrese.

ROMEO: ¡Que el sueño descanse en tus dulces ojos y la paz en tu alma! ¡Ojalá fuera yo tu sueño! Voy con mi confesor, para pedirle ayuda y consejo.

JULIETA: ¡Adiós! Triste es la ausencia, y tan dulce la despedida, que no sé cómo arrancarme de los hierros de esta ventana.

Romeo y Julieta

ESCENA II. Celda de fray Lorenzo

FRAY LORENZO: Romeo, tu temprana visita me dice que sufres. ¿Cómo habitará la paz donde reina la duda? ¿Viste a Rosalía?

ROMEO: ¿Rosalía? Ya su nombre no suena dulce en mis oídos; ya no pienso en ella. Estuve en la fiesta de los Capuleto, donde a la vez herí y fui herido por el amor. Sólo tus manos podrán sanarnos. Amo a Julieta, y ella me corresponde con igual amor. Nos juramos lealtad eterna; sólo falta que tú bendigas esta unión.

FRAY LORENZO: ¡Qué pronto olvidaste a Rosalía! El amor juvenil nace de los ojos y no del corazón. ¿No decías que era bella y gentil? ¿Para qué tanto llanto?

ROMEO: No te enojes; Julieta me quiere tanto como yo a ella.

FRAY LORENZO: Los casaré, y acabaremos así con el odio Montesco-Capuleto.

ESCENA III. Calle

AYA: Romeo, vengo a advertirte que mi niña te ama, pero es muy joven e inocente, y si la engañas, Dios te castigará.

ROMEO: Aya, puedes jurar a tu señorita que actuaré como el caballero que soy. Dile que vaya esta tarde con fray Lorenzo; él nos confesará y casará.

AYA: Bien, caballero, bendito seas. No faltará. No hay joven más hermosa que la mía. ¡Ah! Por cierto, está en la ciudad un tal Paris que desea desposarla; pero ella más quisiera a un sapo feísimo que a él.

ESCENA IV. Jardín de Capuleto

JULIETA: ¿Encontraría el Aya a Romeo? Si ella tuviese sangre juvenil y alma, volvería pronto, pero la vejez pesa como un plomo. *(Llega el Aya.)* ¿Hablaste con él? ¿Qué pasa con la boda? ¿Traes malas noticias? Dímelas con rostro alegre.

AYA: ¡Estoy fatigada! ¡Vaya gallardía de Romeo! Habló con mesura y gentileza. ¡Has elegido muy

bien a tu futuro marido! ¿Tu madre te dejará ir sola a confesar?

AYA: Sí, me dejarán ir sola. ¡Voy al convento; voy a mi felicidad!

ESCENA V. Celda de fray Lorenzo

ROMEO: Ninguna pena destruirá nuestro amor. Cásanos y vendrá la dicha.

FRAY LORENZO: Julieta, Romeo: nada violento es duradero, ni el placer ni la pena; ambos se consumen como el fuego. Les daré la bendición nupcial, y que el cielo acepte esta ceremonia.

ACTO III

ESCENA I. Plaza de Verona

TEOBALDO: Romeo, eres un infame, y te odio.

ROMEO: Teobaldo, no me conoces; nunca he sido infame y tengo tales razones para quererte que perdono ese grosero saludo.

TEOBALDO: Mozuelo imberbe, cobarde. ¡No te vayas! ¡Defiéndete!

ROMEO: Nunca te agravié. Lo juro. Al contrario, te quiero y pronto sabrás la razón. Vete en paz. Amigos, guarden sus armas; el Príncipe lo ordenó.

MERCUCIO: ¡Qué extraña cobardía! Teobaldo, luchemos nosotros. *(Se baten en duelo. Mercucio queda malherido. Teobaldo se va).*

MERCUCIO: Temo que mi herida sea grave. ¡Maldita sea la pugna de Capuleto y Montesco! Llévame de aquí, Benvolio; estoy listo para ir al otro mundo. *(Se van).*

Romeo y Julieta

ROMEO: Por culpa mía morirá este noble joven. Estoy injuriado por Teobaldo. Tu amor, Julieta, me ha quitado el brío y ha ablandado el temple de mi acero.

BENVOLIO: *(Vuelve.)* ¡Ay, Romeo! Mercucio ha muerto. Su alma se ha lanzado ya al cielo. ¡Cuidado! Teobaldo regresa.

ROMEO: ¡Él vuelve triunfante, mientras Mercucio murió! Huye de mí, templanza dulce. Teobaldo, el infame eres tú. Saca tu arma, vengaré a Mercucio. *(Luchan).*

BENVOLIO: Huye, Romeo. Teobaldo está muerto. Te condenarán a muerte.

ROMEO: ¡Soy un juguete de la suerte! *(Entran el Príncipe; Montesco y Capuleto).*

PRÍNCIPE: ¿Quién inició esta pelea?

BENVOLIO: Ilustre Príncipe: Teobaldo llegó y, ciego de ira, sacó su espada y mató a Mercucio. En vano, Romeo dulcemente le exhortó a la concordia, y le recordó tus órdenes. Al rato Teobaldo vio a Romeo, cuya justa cólera estalló, y pelearon, y antes de poder detenerlos, cayó Teobaldo.

Romeo y Julieta

PRÍNCIPE: Las almas de las dos familias están cegadas por el odio. Romeo, quedas desterrado. *(A sus guardias.)* Levanten el cadáver.

ESCENA II. Jardín de Capuleto

JULIETA: Cierra, oh, sol, tus ojos, y deja que venga Romeo a mí y se lance a mis brazos. *(Llega el Aya.)* ¿Por qué lloras? No me atormentes. Dime, ¿qué pasa?

AYA: Está muerto. Blanco como la cera, cubierto de sangre. Fue aterrador.

JULIETA: ¡Estalla, corazón! ¡Ojos, estarán desde ahora sin ver la luz del día!

AYA: ¡Oh, Teobaldo, amigo mío, caballero sin igual! ¡Vivir para verte muerto!

JULIETA: ¡Qué caos! ¿Fallecieron Romeo y Teobaldo? No importa ya la vida.

AYA: A Teobaldo lo mató Romeo, y a éste, el Príncipe lo desterró.

JULIETA: ¿Romeo derramó la sangre de Teobaldo? Romeo, alma de sierpe, oculta bajo

capa de flores. Eres un lindo tirano, un demonio angelical, un cuervo con plumas de paloma, La traición y el dolo se ocultan en ese cuerpo perfecto. En la noble testa de Romeo no cabe la deshonra. En su frente reina el honor como alteza soberana. ¡Qué necia yo que pude hablar mal de él!

AYA: Los hombres son todos uno. No hay en ellos verdad, ni fe, ni constancia. ¿Cómo puedes disculpar al que mató a tu primo?

JULIETA: ¿Y cómo he de hablar mal de mi esposo, que fue desterrado? Mató a Teobaldo, si no, éste lo hubiera matado a él. ¿Dónde están mis padres?

AYA: Llorando sobre el cadáver de Teobaldo. ¿Quieres ir?

JULIETA: Ellos lloran por él; yo, por el destierro de Romeo. Sólo deseo la muerte.

ESCENA III. Celda de fray Lorenzo

FRAY LORENZO: Pobre Romeo. La desgracia se ha enamorado de ti, y el dolor se ha desposado contigo; sin embargo, el castigo no es muerte, sino destierro.

Romeo y Julieta

ROMEO: El destierro me infunde más temor que la muerte. El cielo está aquí con Julieta. Fuera de Verona no hay mundo, sino infierno y desesperación.

FRAY LORENZO: Negro pecado es la ingratitud. Tu crimen merecía la muerte, pero el Príncipe sólo te desterró. Llaman a la puerta. Ocúltate, o te detendrán.

AYA: Traigo un recado de mi ama. ¿Dónde está su esposo? Quiere despedirse.

FRAY LORENZO: Allí está, tendido en el suelo, llorando y sufriendo.

ROMEO: ¿Julieta me llama asesino? ¿Dice que ensangrenté nuestro amor? Padre, ¿en qué parte de mi cuerpo está mi nombre? No lo quiero *(Saca el puñal).*

FRAY LORENZO: Detén esa mano. ¿Eres hombre o bestia? ¿Por qué maldices tu linaje, el cielo y la Tierra? Deshonrarás tu nombre, tu familia, tu amor y tu juicio.

ROMEO: ¡Estoy desesperado! ¿Qué debo hacer?

Romeo y Julieta

FRAY LORENZO: Tienes un gran tesoro y no lo aprecias. Ve a ver a tu esposa; reconfórtala y huye a Mantua al amanecer. Te quedarás allá hasta que se pueda divulgar tu boda y puedan reconciliarse las familias. Entonces el Príncipe te perdonará y ustedes podrán ser felices.

ESCENA IV. Sala de la casa de Capuleto

CAPULETO: Paris, la reciente desgracia me ha impedido hablar con mi hija, pero ella me obedecerá. Esposa, dile a Julieta que el jueves se casará con Paris.

ESCENA V. Habitación de Julieta

ROMEO: Amada mía, se apagan las antorchas de la noche y presto llega el día. Mira los colores de la aurora en las nubes. Debo partir o moriré.

JULIETA: ¿Tan pronto te vas? Ésa no es aún la luz del amanecer.

ROMEO: ¡Qué me prendan, que me maten! Quiero quedarme. Diré que esa luz es el reflejo de la luna. Mi amor, hablemos, mientras amanece.

Romeo y Julieta

JULIETA: Tienes razón. Vete. Cada vez clarea más el día. Dame noticias de ti.

AYA: *(Desde fuera.)* ¡Julieta! Ya amanece. Prepárate, allí viene tu madre.

ROMEO: ¡Un beso más! Pronto olvidaremos estas angustias y seremos dichosos.

JULIETA: ¡Qué fatal tristeza la mía! Parece que te veo difunto sobre una tumba.

ROMEO: También a ti te ven los míos, pálida y ensangrentada. ¡Adiós! *(Se va).*

LADY CAPULETO: Hija, ¿estás despierta?

JULIETA: Madre, ¿qué te trae a mí? No me he levantado porque estoy enferma.

LADY: ¿Lloras la muerte de tu primo? Detén tu llanto. ¡No lo resucitarán tus lágrimas! ¿Más que por Teobaldo lloras por Romeo, el infame asesino?

JULIETA: ¡Cuánta distancia hay entre Romeo y un infame! *(En voz alta.)* Déjame llorar. Dios le perdone como lo hago yo, aunque nadie me angustia tanto como él.

Romeo y Julieta

LADY: Será porque Romeo aún vive, pero ya le encargué a un hombre de Mantua que lo envenene. Romeo acompañará a Teobaldo, y tú quedarás satisfecha.

JULIETA: Satisfecha no estaré, mientras no vea a Romeo... muerto. Madre, yo misma le daré el veneno, y cuando esté aquí, podré dormir tranquila. Hasta su nombre me es odioso cuando no lo tengo cerca...; claro, para vengar a mi primo.

LADY: Tu padre, para consolarte, te ofrece una gran felicidad: el jueves, el noble, rico y gallardo Paris se desposará contigo en la iglesia de San Pedro.

JULIETA: No lo haré. ¿Por qué la prisa? Paris nunca me habló de amor. Antes que a él aceptaría como esposo a Romeo..., a quien aborrezco. *(Llega Capuleto.)* Padre, por favor, atrasa un mes, una semana, la boda.

CAPULETO: Niña, en tus ojos hay marea de lágrimas. ¿No estás orgullosa de que te encontráramos para esposo un caballero tan digno? Nada de orgullo, agradecimientos o súplicas. Mi

empeño siempre fue casarte con un joven lleno de perfecciones, y tú lo rechazas. Si no obedeces, no vivirás aquí. *(Se van).*

JULIETA: ¿No hay justicia en el cielo que conozca el abismo de mis males? Aya, ¿qué haré? Aconséjame, consuélame. ¡Infeliz de mí!

AYA: Romeo está desterrado. Lo mejor será que te cases con el conde, que es más noble que Romeo. Este segundo esposo te conviene más que el primero.

JULIETA: ¿Hablas con el alma? Buen consuelo me das. Veré a fray Lorenzo, sólo él me dará amparo y alivio, o por lo menos fuerzas para morir.

ACTO IV

ESCENA I. Celda de fray Lorenzo

FRAY LORENZO: ¿El jueves? ¿No sabes si te ama? Mala manera de casarse.

PARIS: Julieta llora y sufre por Teobaldo y por eso su padre apresuró la boda.

FRAY LORENZO: ¡Ojalá ignorara yo las causas del llanto! *(Llega Julieta)*.

PARIS: Bienvenida, esposa mía. ¿Te confesarás?

JULIETA: Aún no soy tu esposa, y contigo me confesaría, si pudiera. En la verdad no hay injuria, y más si se dice frente a frente.

FRAY LORENZO: Déjanos solos, conde. *(Se va.)* Pobre niña, dispuesto estoy a oírte. Sé cuál es tu angustia, yo también estoy acongojado.

JULIETA: Padre, discurre algo en tu sabiduría para evitar la boda. Tú, en nombre del Señor, nos casaste y antes de aceptar otra unión, me mataré.

Romeo y Julieta

FRAY LORENZO: Hay un modo de salvarte. Vete a casa, fíngete alegre. Di que te casarás con Paris. Mañana por la noche vístete con tus mejores galas y quédate sola; ya acostada, bebe este licor. Un sueño frío embargará tus miembros y no darás señal de vida. Tus párpados se cerrarán y tu cuerpo quedará inmóvil, frío, durante 42 horas justas. Cuando vayan a despertarte, te creerán muerta, y te llevarán al sepulcro de los Capuleto. Durante tu apacible sueño, yo avisaré por carta a Romeo; él vendrá, y velaremos juntos hasta que despiertes. Luego, Romeo y tú se irán por siempre a Mantua. Valor y fortuna.

JULIETA: No temeré. Dios me dará valor.

ESCENA II. Casa de Capuleto

CAPULETO: ¿Fue Julieta con fray Lorenzo? Quizá él la convenza.

AYA: Allí viene. Vean qué contenta se ve.

JULIETA: Padre, fui a confesarme. Perdóname; cumpliré cuanto me mandes. Vi a Paris con fray Lorenzo, y le concedí cuanto podía.

Romeo y Julieta

CAPULETO: ¡Cuánto me alegro! ¡Qué bien hace este fraile en la ciudad!

JULIETA: Aya, ven conmigo para disponer mis galas de desposada. *(Se van).*

ESCENA III. Habitación de Julieta

JULIETA: *(Entra Lady Capuleto.)* Madre, ya escogimos mis galas. Quiero estar sola y pedir a Dios que me ilumine. Es poco el tiempo, y falta mucho que disponer.

LADY: Buenas noches, hija. Descansa, que buena falta te hace. *(Se van).*

JULIETA: ¡Adiós! ¡Quién sabe si nos veremos más! Un miedo helado corre por mis venas y casi apaga mi aliento vital. ¿Y si este licor no sirviera, sería esposa de Paris? Jamás. ¿Y si el fraile desea eludir su deuda por casarme con Romeo? ¡No, es un santo! Me da miedo ir a la tumba. *(Bebe el licor.)* ¡Romeo, a tu salud!

ESCENA IV. Casa de Capuleto

CAPULETO: Falta poco para la boda. Allí está Paris. Aya, ve por Julieta.

Romeo y Julieta

ESCENA V. Habitación de Julieta. *(Ella se encuentra en el lecho).*

AYA: ¡Julieta! ¡Cómo duerme! ¡Señorita, novia, cordero mío! Haces bien en dormir. ¿No despiertas? ¿Estás vestida, y te volviste a acostar? ¿Qué es esto? ¡Ayuda, Julieta está muerta! ¡Señor, señora vengan pronto!

LADY: ¡Pobre niña! Abre los ojos, o déjame morir contigo. *(Entra Capuleto.)*

CAPULETO: Como la flor que es segada por la escarcha, así murió mi joven hija.

PARIS: Estoy herido y descasado. ¡Cómo te burlas de mí, fiera parca!

AYA: ¡Día terrible; es el más negro y el más horrendo que he vivido nunca!

FRAY LORENZO: No es la queja remedio del dolor. Antes tú y el cielo poseían a esa doncella: ahora sólo el cielo la posee. Llevémosla a la iglesia.

ACTO V

ESCENA I. Calle de Mantua

ROMEO: Una gran felicidad me espera. Soñé con mi esposa, aunque también soñé que me moría. *(Entra Baltasar.)* ¿Cómo está Julieta?

BALTASAR: Perdona que te dé tan mala noticia: Julieta reposa en el sepulcro de su familia, y su alma está con los ángeles. Señor, me asusta tu horrible palidez.

ROMEO: ¡Cielo cruel! Vamos ya a Verona. ¿Escribió fray Lorenzo? ¡Yaceremos juntos esta noche, Julieta! Aunque esté prohibido so pena de muerte, quizá el boticario me venda veneno, que apenas pase por las venas, acabe el aliento vital.

BOTICARIO: La ley prohíbe su venta, pero como veo en tu rostro la tristeza y la desesperación te lo daré. Bébelo, y morirás en seguida.

ESCENA II. Celda de fray Lorenzo

FRAY LORENZO: Fray Juan, ¿vienes de Mantua? ¿Romeo contestó mi carta?

FRAY JUAN: ¡No fui a Mantua! El guardia dijo que había peste, y no pude salir.

FRAY LORENZO: ¿Quién llevó la carta a Romeo?

FRAY JUAN: Nadie fue; todos temen a la peste.

FRAY LORENZO: ¡Qué desgracia! El retardo en la entrega de esa carta puede ser funesto. Fray Juan, trae un azadón. Debo ir a ver a Julieta al cementerio. ¡Pobre cadáver vivo, encerrado en la cárcel de un muerto!

ESCENA III. Cementerio

PARIS: Cubriré de flores la tumba de Julieta. Ve afuera y silba si llega alguien.

PAJE: Alguien se acerca. *(Silba. Entran Romeo y Baltasar).*

ROMEO: Baltasar, dame el azadón y vete. Entrega esta carta a mi padre. Tomaré el anillo nupcial, para usarlo siempre como prenda de amor.

Romeo y Julieta

BALTASAR: Observaré lo que hace; pues su rostro y sus palabras me espantan.

PARIS: Ése es Montesco, el desterrado; el asesino de Teobaldo. Por él murió mi dama. ¡Ruin proscrito! ¿No basta la muerte para detener tu venganza y tu furia?

ROMEO: A morir vengo. Noble joven, no tientes a quien está ciego y triste. Vete. No me provoques, te lo ruego. Huye, salva tu vida, y agradece mi consejo.

PARIS: ¡Vil desterrado, en vano son tus súplicas!

ROMEO: ¿Te empeñas en provocarme? Pues muere... *(Pelean; Paris cae herido).*

ROMEO: ¡Dios mío, es el conde Paris! Su nombre y el mío están escritos en el sangriento libro del destino. Julieta da luz y gracia aquí. Tú descansarás a su lado: un muerto es quien te entierra. Esposa mía, tu belleza aún irradia en tus ojos. Bebo este veneno y reposaré siempre junto a ti. *(Cae. Llega fray Lorenzo).*

FRAY LORENZO: ¿Quién interrumpe el silencio de los muertos?

Romeo y Julieta

BALTASAR: Desde hace media hora, está mi amo en el altar de los Capuleto.

FRAY LORENZO: Dios mío, hay sangre aquí. Temo alguna catástrofe. ¡Romeo está pálido como la muerte, y Paris, cubierto de sangre!... Julieta despierta ya.

JULIETA: Padre, ¿dónde está Romeo?

FRAY LORENZO: Niña, Dios desbarató mis planes. Romeo y Paris están muertos. Oigo ruido. Ven, Julieta. No podemos quedarnos aquí. *(Se va).*

JULIETA: Me quedo. Romeo tomó veneno. *(Lo besa).* Aún siento el calor de sus labios. *(Toma el puñal de Romeo; se lo entierra y cae sobre el cuerpo de Romeo).*

ALGUACIL: Detengan a quien encuentren. ¡Qué vista tan aterradora! Paris y Romeo están muertos, y Julieta, a quien enterramos hace dos días, se desangra. Vemos cadáveres, pero ignoramos la causa de su muerte. *(Entran guardias, llevan a fray Lorenzo a Baltasar y al paje. Llegan el Príncipe y Capuleto).*

Romeo y Julieta

ALGUACIL: Príncipe, aquí están el conde Paris y Romeo, muertos de manera violenta. Además, Julieta está aún caliente y se desangra. Todo es muy raro.

PRÍNCIPE: ¿Qué gritos suenan por la calle? Unos dicen "Julieta", otros "Romeo", otros "Paris", y corren al cementerio. ¿Qué historia extraña y horrenda es ésta?

CAPULETO: Esposa mía, aún corre la sangre de nuestra hija. *(Llega Montesco).*

MONTESCO: ¡Ayer falleció mi mujer de pena, y ahora mi hijo está muerto!

PRÍNCIPE: Debes contener tu llanto mientras busco la fuente de estas desdichas. La paciencia debe contener un momento al dolor. Alguacil, trae a los presos.

FRAY LORENZO: Yo, el más humilde y a la vez el más digno por mi sacerdocio, voy a acusarme y a defenderme. Casé a Romeo con Julieta, pero el mismo día murió Teobaldo, lo que causó el destierro de Romeo. Julieta estaba destrozada. Capuleto, creyendo consolarla quería casarla con

Romeo y Julieta

Paris. Ella, desesperada, vino a mí. Yo le di un licor, cuyos efectos simulan la muerte. Escribí una carta, avisándole a Romeo que viniera esta noche, para desenterrarla y que los dos huyeran. Pero no se entregó la nota. Cuando llegué a la fosa, hallé muertos a Paris y a Romeo. Julieta despertó; se escucharon voces y huí, pero ella se quedó.

BALTASAR: Yo avisé a Romeo de la muerte de Julieta; él se trastornó. Salimos de Mantua y me ordenó entregar esta carta.

PAJE: Mi amo vino a dejar flores sobre la tumba de Julieta. Me ordenó alejarme. Llegó un caballero; riñeron, y yo llamé al alguacil.

PRÍNCIPE: En esta carta habla Romeo de su amor y de su muerte. ¡Todos fuimos castigados por el odio insensato de Capuletos y Montescos!

MONTESCO: Capuleto, estrecho tu mano. Haré una estatua de oro de Julieta.

CAPULETO: Montesco, soy tu hermano. A su lado haré otra igual para Romeo.

PRÍNCIPE: ¡Tardía reconciliación y funesta historia de Julieta y Romeo!

Esta edición se imprimió en Julio 2014. Impre Imagen, José María
Morelos y Pavón Mz 5 Lt 1 Col. Nicolás Bravo Ecatepec Edo. de Mex.